엘리트 시선 46

아무 일도 없다는 듯이

이성희 시집

엘리트출판사

이성희 시집

아무 일도 없다는 듯이

엘리트출판사

칭찬은 나를 시인으로 만들었다

초등학교 3학년 담임선생님의 부재로 합반 수업을 하게 되었고, 봄에 대한 시를 지으라 시간을 주시고, 우수작이라고 100여 명의 친구 앞에서 시 아닌 시가 읽혔다.

산에는 진달래꽃도 피고, 그때부터인가 나는 소위 공부 잘하는 부류에 속하게 되었다. 고등학교 시절 일기를 검사하던 선생님께서 슬픈 일과(日課)를 재치가 있게 썼다는 말씀. 그리고 교제를 하며 오가는 연애편지를 받아 보던 남편은 꼭 작가가 되라며 적극적으로 응원해 주었고, 친구의 남편이 자기의 자작시를 시집으로 만들어 줬다는 이야기를 듣고 나의 버킷리스트에 환갑 때는 시집을 내야겠다는 각오를 하게 되었다.

남편을 하늘나라로 보내고 힘들었던 시기에 글을 씀으로 견딜 수 있었다. 시집을 내겠다는 나의 각오에 약속이나 한 듯 적극적으로 응원해 주는 아들을 보며 작은 용기를 낸다. 이번에 출간하는 시집에는 힘들었던 시기의 시가 다수 포함되어 있다.

2021년에 오랫동안 다녔던 회사의 퇴사, 재입사, 그리고 인수, 시집 출간 등 많은 일이 일어난 해. 2021년에 다시 태어난 아이처럼 시인이 되고 작은 회사의 대표가 되었다.

인생은 60부터라는 말이 있듯이 지금까지 살아 온 과거를 바탕으로 조금 더 여유롭게 그리고 베푸는 삶을 살아가고 싶다. 이런 저에게 한결같은 애정과 배려로 첫 번째 시집의 인연을 만들어주신 장현경 문학평론가님과 마영임 편집국장님께 깊이 감사드립니다.

나의 글에 늘 따뜻한 성원과 격려를 아끼지 않은 사랑하는 가족과 친지 이웃들에게 고마운 마음을 전하며 저의 시편들을 만나는 존경하는 독자님께 건강과 축복이 늘 함께하시기를 기원합니다.

2021년 10월
재영(栽榮) 이 성 희

문인의 길

인생이라는 기나긴 여정 속에서 많은 이를 만나고 많은 일을 겪어갑니다. 치열하게 살아온 그 여정을 한 폭의 글로 표현하기란 여간 어려운 일이 아닙니다.

60년간 영혼의 여정을 시의 언어로 정제하여 담아내기 위해 고뇌하시던 모습이 눈에 선합니다. 어느덧 그 노력이 결실을 본다고 하니 아들로서도 기쁘기 그지없습니다.

매일 바쁜 일상 속에서도 어릴 적 꿈꾸셨던 문인의 길을 꿋꿋이 걸어가시는 모습 존경합니다. 100세 시대, 앞으로 걸어가실 40년도 찬란하게 빛나길 고대합니다.

첫 시집 출간을 축하드리며 건필하시길 기원합니다.

2021년 10월

아들 신광엽

아무 일도 없다는 듯이

인간은 위대하다
모든 환경에 적응할 수 있어서

혼자서도 잘한다
환경에 적응하는 것은 인간의 가장 큰 무기이니까

마음이 아프다
아마도 잘 견딜 것이다

하루 이틀 사흘 나흘 그리고
떠난다. 훌쩍

일 년 이 년

또 아무 일도 없다는 듯이
홀연히 나타나기를
두 손 모아 기도한다.

차례

제1부 나는 꽃이다

제2부 아름다운 동행

제3부 다시 쓰는 첫 출근

제4부 가장 아름다운 날

제5부 사랑의 고백

제1부

나는 꽃이다

온몸으로 뿌리를 뻗고
황금 같은 햇빛 받아
나를 완성한다

나는 꽃이로소이다

새롭게 시작을 꿈꾸며

날마다 새롭게 시작을 꿈꾼다
우리가 처음 만난 것처럼
아무런 예고도 없이
노력도 없이
대책도 없이
난 새롭게 시작을 꿈꾼다

이제는 늦었지
꿈도 꿀 수 없지
비디오테이프처럼 되돌릴 수도 없지
새롭게 시작을 할 수도 없지
하지만 난

날마다
새롭게 시작을
꿈꾼다.

나는 꽃이다

회색 콘크리트 틈새에
자리를 잡고
천사의 눈물 거름 삼아
싹을 틔운다

온몸으로 뿌리를 뻗고
황금 같은 햇빛 받아
나를 완성한다

나는 꽃이로소이다

이제
꿀벌이 오기만을!

사월 초파일

사월 초파일
부처님이 태어나신 날

배낭을 메고
오르고 또 오르고
길섶에 온갖 꽃들
서로 예쁘다고 뽐내고

몸이 지쳐갈 무렵
삐죽이 보이는 산사

꽃 등불 하나 켜고
엄마를 생각하고
자식을 생각하고
내 임도 생각하며
부처님께 삼 배를 올린다

잘 되기를 바라는 간절한 마음
이 또한 욕심인 것을

아, 어리석은 중생이어라!

해남 고시리 방문 1
- 노부부의 사랑

노신사는 운전대를 잡고
조수석에 여인이 앉아

주거니 받거니
사랑싸움에
시간 가는 줄 모르고

잠시 차에서 내려
거닐라치면

여인은 노신사의 손을 잡으려 하고
노신사는 그 손 뿌리치며
노부부의 쑥스러운 사랑

고귀한 사랑!

해남 고시리 방문 2
- 보리피리

4월이 저물 무렵

남녘 들판에
보리 물결 춤추고

옛 생각에 젖어
보리피리 만들어
입에 물고
삘리리 삐

나이 든 여인
어느새 소녀가 된다.

해남 고시리 방문 3
- 갓꽃

이른 아침
시원하게
달리는 고속도로

남쪽으로 갈수록
길가에 핀 노란 꽃
우리를 반기네

봄이 무르익고 있는데
유채꽃인가?

갓꽃이라네
잡초라네
예쁜 그 꽃이!

해남 고시리 방문 4
- 갓꽃과 유채꽃

길가의 가로수가
온통 노랑 갓꽃 물결
어서 오라고
엎드려 인사하고

들판 여기저기
노란 황금 물결
유채꽃이라네

제주도에 가야만
볼 수 있는 줄 알았는데

4월의 해남 고시리에는
유채꽃 갓꽃이
흐드러지게 피어있네!

파로호 문학촌의 봄

조용하던 파로호 문학촌

매화 복사꽃 피고
작은 연못에 올챙이 헤엄치면
고추 가지 호박
이사를 오고

아직 자라지 않은
호박잎에 대한 기대로
파로호의 봄은 익어간다.

쑥이 쑥쑥

이른 아침
참새가
어디 가냐고
짹짹 짹

길가 벚꽃은
꽃망울이 몽실몽실
구름 한 점 없는 하늘에는
봄빛이 방울방울

길 잃은 밤송이는
헤쳐서 모여
소곤소곤

파로호 문학촌의 쑥
햇빛을 받아
바람을 동무 삼아
비를 거름 삼아
쑥쑥

쑥이니까.

나의 고향

시골 깡촌 내 고향에
봄이 오면
울타리에 죽순이 자라고
비가 오면
죽순은 시절을 만난 듯
하루가 다르고

만삭의 아낙네
죽순을 잘라
끓는 물에 살짝 데쳐
조물조물
시부모 점심상을 차리고

산고 끝에
나를 낳으셨다는
고향의 대나무밭은 사라지고

그 자리에 아파트 숲

내 고향은 슬프다.

매화

한강도 꽁꽁
매서운 칼바람
자연은 거스를 수 없어

온몸이 근질근질
달짝지근한 햇빛
노고지리 노랫소리

드디어 꽃망울이
활짝

지나가는 나그네에게
환하게 인사한다
봄이 왔다고.

꽃샘추위

봄의 문턱
입춘

밖에는 눈보라가 휘몰아치고
추위에 움츠린 여인
종종걸음으로 내디딘다

티브이에서는 동파에 대비하라며
남쪽 지방 꽃소식은 무소식
숲속 잔설 속에서는 새순이
방긋

여인의 가슴에는
이미
봄봄 봄.

황매화

개나리 피고 벚꽃 지면
인사하는 황매화
그리움 한 보따리 묻어난다

식탁 위 컵 속에 한자리 차지하던
노란 황매화
그것이 사랑의 표현이었던 것을
그것이 미안함의 표현이었던 것을

아이야 내 마음 모르지
황매화 속에 사랑이 있다는 것을
그리움이 있다는 것을

어느 해 4월에
가로수 황매화를 발견하고.

제2부

아름다운 동행

나이 든 사람이
더 나이 든 사람을
바퀴가 넷 달린 달구지에
바퀴가 셋 달린 달구지를 매달고

천천히
도로 한쪽을 달린다

수박

진한 녹색 바탕
울퉁불퉁 검은 줄
검푸름 속
빨간 속살

여름 뙤약볕
감내하고
온 힘을 모아
하얀 속살
빨갛게 변신

아무에게도 들키지 않으려고
꼭꼭 숨겨두고

내 임 오기만을!

너의 이름은

회색 하늘빛
이슬비가 보슬보슬
졸린 눈
시야마저 흐릿한데

베란다 창문 밖
환한 얼굴로
속삭이네
멋진 날이 시작된다고

황금빛으로 활짝 핀
너의 이름은

호박꽃!

엄마와 나

2021. 5. 8. 어버이날
코로나19 때문에
시질도 잊은 체
청계에서 어버이날
자축 케이크를 자르고

없는 것 빼고 다 있는
광명 재래시장
주꾸미도 사고
국수도 사고

식탁에 꽃단장한 요리가
한가득

언니도 형부도 올케도
우리 엄마 얼굴에도
웃음꽃이 활짝

사랑하는 마음은
숨길 수 없다지!

첫 출근

한평생을 살아오면서
첫 출근이
몇 번이나 있었던가!

퇴사의 홀가분함
이직의 두려움
새 직장에 대한 기대감

만감이 교차한 첫 출근
조금은 색다른 직장 분위기

나는 오늘 또다시
새내기가 되어
힘찬 출발을 한다.

별 다방 미스 리는

안국동 네거리 이층집
지하도
2층도
다락방도

오밀조밀
미묘하게 꾸며 놓고

안국동 네거리가
빤히 보이는 창가에
앉아서

한없이
그대를
기다린다.

한반도섬

1944년
넓이 50만 평
저수량 약 10억 톤
북한강 협곡을 막아 축조한
화천댐으로 생겨난 인공호수

6·25 전쟁 때
수만 명의 생명이 수장된 곳
상류에는 평화의 댐

잉어 메기 쏘가리
낚시꾼의 놀이터

한때 자유를 빼앗겨
6·25 수복 때 다시 찾은
화천군과 양구군에 걸쳐 있는
한반도 인공섬 파로호

이곳에는 38선도
이념도 없다
오로지 평화뿐.

내 집 마련

고향에서 살던 어린 시절에는 당연했던 내 집
타향에 살다 보니 결코 당연한 것이 아니네

오십이 넘어가는 지금
겨우 내 집이라고 마련했는데
아들이 하는 말
깐깐한 엄마가 집을 그렇게 샀다며 볼이 부었더니만
없는 돈 끌어모아 수리해 놓고 구경시켰더니
벌어진 입이 다물어지지 않네

이제 내 집이라고 배 깔고 드러누워
천정을 바라보니
인생 참 허망하다는 생각
왜 이렇게 힘들게 살고 있을까?
생각하지 않을 수 없다

고향에서 살던 어린 시절에는
아무것도 몰랐다
아들이 아무것도 모르듯이.

아름다운 동행

버스 차창 너머로
언뜻 스쳐 가는 풍경
슬로모션을 보는 듯

나이 든 사람이
더 나이 든 사람을
바퀴가 넷 달린 달구지에
바퀴가 셋 달린 달구지를 매달고

천천히
더 천천히
도로 한쪽을 달린다.

원피스

똑깍똑깍
힘찬 발소리
단정한 옷차림

똑깍똑깍
오늘도 여전히
힘찬 하루를 연다

똑깍똑깍
긴 부츠에
댕강 올라간 코트 자락

똑깍똑깍
그녀의 별명은
원피스

오늘도
그녀의 발걸음 소리를 기다린다.

코로나19

코로나가 발생한 지 일 년여
처음에는 남의 일인 줄 알았지
박쥐가 매개체라면서

많은 것이 변했다
친구와의 만남
지인들의 모임
가족의 만남까지

형제간의 만남도
멀리 있는 가족 간의 만남도
먹고사는 일까지

백신의 등장
백신 하나면
우리는 해방
그날을 기다린다.

작심 하루

뱃살도 찌고
콜레스테롤 수치도 높다 하여
일찍 일어나
집안에서
아령도 들고
빨리 걷기도 하고

내일부터는
집 뒷동산에 가서 해야지
했는데

하루로 끝나버렸네
하하 하.

생일

윤사월 초이틀
농사일을 마치고

찹쌀 한 됫박
절구에 넣고 쿵덕쿵덕
하얀 쌀의 변신

시루에 쌀가루 한 번
그 위에 팥 한 번
겹겹이 올려놓고
아궁이에 불을 지핀다

안방 윗목에
짚 깔고 그 위에 떡시루
미역국 쌀밥 한 그릇

엄마는 정화수 떠 놓고
삼신할머니한테
두 손 모아 빌고 또 빈다
자녀의 무탈을.

엄마의 일생

푸른 꿈을 안고
엄마와 이별하고
딸이 되었다

어엿한 숙녀가 되어
사랑을 알고
아내가 되고
엄마가 되었다

세상 풍파 견디며
이마에는 세 가닥
갈매기를 새기고

이제는
날개 잃은 새
할머니가 되었다.

추억의 생일

어제는
당신이 태어난 날

무탈하게 자라라고
차지게 살라고
찹쌀에 붉은 팥을 넣어
찰밥을 해 먹는 내력

무엇이 그리 바빠서
당신의 생일도 잊어버리고

오늘에야
당신을 추억한다.

이사

공간의 변화

추억을 묻어 두고
과거와 이별한다

정성 들여 키운
화초들
잘 가라는 인사도 없이
이별하고
입가에 미소도 사라진다

화초 하나 없는 사무실
무미건조한 기계음이
주인장이 된다.

이사 가는 날

엎드리면 코 닿을 곳
밤이 낮인 줄 알고
식사도 걸러 가며
혼신을 다 했던 곳

내 마음 아는 이 떠나고
그의 흔적을 파쇄기로
미련 없이 없앤다

그녀는
그의 흔적 지우고

또 다른 그녀는
그의 흔적을 갖고

아쉬움을 안은 채
먼 길 떠난다.

짝사랑

짝사랑은
너무 힘들어

마음도 아파
궁금해 미칠 지경이야

그래도 상대는 몰라
몰라도 좋은데

내 마음 알아줬으면 좋겠어
엄마의 아들 사랑.

제3부

다시 쓰는 첫 출근

서너 달
실업자 생활을 접고
취업을 했다

다녔던 회사 인수
이제는 고용주가 되어
출근을 한다

심란한 마음

일 저질러 놓고
철딱서니 없이 배는 고프다
때로는 여유로운 친구가 너무 부러워
정말 출근하기 싫다
어디론가 도망가고 싶다

어쩔 수 없이 출근해서
바늘방석에 앉아 일하지만
일은 손에 잡히지 않고

힘들어!

이놈의 인생
언제나 무거운 짐 내려놓고
살날이 올까!

아쉬움

가을 하늘이
저리도 높고 맑은데
구름이 솜털처럼 예쁘고
평화로운데

내 마음 따라
저 구름 따라
임을 찾아가지만

임이 그곳에 계신다면
간절한 소망 하나
우리 다시 시작할 수 있을 텐데!

다시 쓰는 첫 출근

서너 달
실업자 생활을 접고
취업을 했다

다녔던 회사 인수
이제는 고용주가 되어
출근을 한다

힘겹게 올랐던 언덕길이
운동 삼아 오르는 스포츠센터가 되고

방관자로 바라봤던
모든 영역의 것들
이제는 관리자의 마음
아끼는 마음이
나의 것이란 의미로 다가오고

태원에이엠

많은 일이 우르르 쾅
하나씩 실타래를 풀듯이

조금씩
조심스럽게

크게
원하는 만큼
키워보자
그분의 뜻을 살려!

영인산의 가을

때 이른
가을을 맞이하면서
칼봉을 지나
깃대봉을 넘어
아산에 있는 영인산

아픈 친구가 있어 하산을 하는데
늦게 합류했던 친구가
고집을 피우는 바람에
친구 혼자 가게 내버려 둘 수가 없다

둘만의 산행이라
별로 이야기 없이 걸었지만
길이 길어질수록
우린 조금씩 마음을 열고

낙엽이 많지 않았지만
산이 깊어질수록
더 많은 낙엽
시원한 바람이
우리를 반기네

아직도 아련히
낙엽 밟는 소리가
나의 귓전을 때린다

그날의 추억이
나를 가만히
잡아두고 있다!

그리움

맑은 저녁 달빛이 창문 밖에서
날 반기네
청아한 너의 모습
엄마를 닮았을까
아빠를 닮았을까
아가를 닮았을까

맑은 빛으로 우리를 감싸며
창문 밖에서 우리를 부르는 듯
창문으로 날마다 기웃거린다

그리움인가

어느 날에는 초저녁에
한밤중에
새벽녘에
못 잊어서
보고 싶어서
우리 집 창밖에서
날마다 기웃거리네.

흔적

군대 간 아들이 휴가를 다녀갔다

여기저기 빨래가 한 가지씩
제 자리를 못 찾고 흐트러져 있다
밤중에라도 들이닥칠 것처럼
흔적들이

이불도 곱게 개 놓고
핸드폰도 자리 잡아 놓고
화장실에는 아직도 훈기가
차라리 처음 보낼 때가 나았을까!
며칠을 함께하다가 보내니
더 마음이 짠하다

기약 없이 떠난 것도 아닌데
언제든지 가면 볼 수 있는 지척인데
그래도 마음이 아파온다.

그날은

그때 그날도
오늘처럼 바람이 날 스치고 지나갔네
그 바람이 날 스치고 지날 때 살아있음을 느끼며
행복보다는 슬프다는 생각을 했지
함께할 수 없음이 마음 아팠지
느낄 수 없음이 안타까웠지

그때 그날도
어제처럼 파란 하늘이
슬프도록 파랗게 보였지
파란 하늘을 같이 바라볼 수 없어서

일 년 이 년 삼 년
세월이 흘러 흘러

그때 그날의 바람이
날 스치고 지나가네

그때 그날의 파란 하늘이
어김없이 내 머리 위에서

그윽하게 날 내려다보고 있네

바람도 파란 하늘도 따스한 햇볕도
그날의 것과 같은데
나의 느낌은 사뭇
그때 그날의
바람도
파란 하늘도
따스한 햇볕도 아니라네

오늘의 바람은 내가 살아있음으로 행복하게 만드네
오늘의 파란 하늘은
그저 아름답게만 보이네
오늘의 햇볕은
한없이 날 포근히 감싸 안아주네

그때 그날의
가을이
오늘 내게 왔다.

은행잎

오직 하나뿐인 나의 아들
세상에 오롯이 남겨두고

허전한 마음 달래려고
산과 들과 소음 가득한 도심으로

시간은 흐르는데
손에 잡히는 것은
먼지뿐

초록이가 노랑이가 되면

스산한 가을바람에
노란 은행잎이 떨어져
온통 노란 세상이 되면

그제야
오롯이 남겨진
사랑스러운 아들이
마음속을 헤집고
들어온다.

비운만큼 채우는 미덕

가을을 만끽하러 들판을 찾았다
농부의 땀의 결실
아니
우리네 부모님의 노력의 결과겠지
많은 것을 느끼고 온 하루였다

바라만 봐도 마음이 풍요롭다
비록 코스모스는 못 봤지만
더 많은 것을 보고 온 하루였다

집 없는 서러움 여기서 날리다
많은 것을 버리고
더 많은 것을 채우고 왔다

친구야 넌 누구를 기다리니
참새를 기다리는 허수아비
참새야 찾아와 줄 거지
네가 없는 허수아비는 의미가 없다.

들국화

어제 간 길이
오늘은 새로운 길이 된다

봄이 오면 진달래꽃으로 수놓고
초여름의 푸름
가을이 오니 하얀 들국화

가녀린 몸을 바람에 맡긴 채
왜 이제 왔느냐고
보고 싶었다고

온몸으로 반긴다.

이별 1

세월이 참 빠르기도 하지
어떤 이는 이제 보내라 하네
어떤 이는 이제 놔주라 하네

냇물이 강물 되어 만나듯이
강물이 바다에서 만나듯이
우리 만날 수 있으니
마음 편히 보내라 하네
놔주라 하네

보낸다고 해서 보낼 수 있다면
놔 준다고 해서 갈 수 있다면
잡는다고 해서 잡을 수 있다면
이별이란 말은 만들어지지 않았으리

이제는 이별을 준비해야지
아직 부여잡고 있는 것은

우리 다시 만날 수 없다는 것을
이미 알기 때문이 아닐까!

이별 2

어느 날 갑자기 찾아온 녀석을 보니
더 보고파진다
작년 이맘때는 같이 기뻐했는데

잊지 않고 찾아왔는데
잊지 않고 웃음 주었는데
그 기쁨 같이 해 줄 이 떠나고 없네

보고 싶을 때 볼 수 없다는 것처럼
슬픈 일이 또 있을까!
보고 싶을 때 볼 수 없다는 것이
이리 슬프다는 것을
너는 알까!

그리움의 무게는 같지 않다
그리움의 깊이도 같지 않다
그래도 너 잊지 않고 찾아 줄 거지!

호들갑

화요일
미용실도 쉬는데
아침부터 머리를 자르겠다고

얼멍얼멍 삼베 바지에
겨울 스웨터 걸치고
호들갑 떠시는
엄마!

추억

친구야 미안하다
너는 모르지 내 마음을
나는 추억을 찾아 산행을 했다

발길 닿는 그곳에
그 사람이 있을 것만 같아

얼굴은 웃고 있지만
마음은 천 갈래 만 갈래
후회 아쉬움 그리움 원망

하하 호호
크게 웃을 수 있는 친구를 부러워만 해야 할까
얼마나 많은 시간이 흐르면
나도 친구처럼
호탕하게 웃을 수 있을까

내가 여자인 것을
나도 사람인 것을

얼마만큼의 시간이 다시 흘러야
내 마음을 가다듬을 수 있을까
밉고 그리워
한참을 소리 내
엉엉 울었다

울어봐야 소용없다는 것을 알지만
그렇게라도 하지 않으면
미쳐버릴 것만 같다

한참을 울고 마음을 가다듬자 아이가 왔다
괜스레 아이한테 화를 내어본다
엄마 마음을 아는지
엄마를 달랜다
저리 착한 아이를 두고 다른 마음을 갖다니
아이야, 미안하구나!

3개의 프로젝트를 준비하고 있다며
엄마의 입가에 미소가 번질 때까지
자랑 희망 협박
정말 고맙다
사랑한다
네가 있어서 엄마는 행복하다.

내 나이 오십한 살에

누가 시집 안 간 노처녀
여동생이 있는데
51살이네

그래서 얼른 생각했지
참 나이도 많이도 먹었네
나랑 띠동갑이겠네

생각을 가다듬어 보니
어이쿠
나랑 동갑이네

난 또 언제
이렇게 나이를 먹었담
난 아직 스무 살인 줄 알았네!

우산

퇴근길
비가 주룩주룩
가던 사람 붙잡고
차 한 잔

수많은 사연만큼
한없이 내리는 비

어찌하여 똑같은 추억을 간직할꼬
우산 속 추억을 만든다

읽고만 간다네

어딜 어떻게 들어가
참견을 해야 할지 몰라
그저 바라만 보고 간다네

잘난 사람 잘난 대로 살고
못난 사람 못난 대로 산다는데

반가운 친구도
보고 싶은 친구도
정말 한 번쯤
말 걸고 싶은 친구도 있지만
그저 바라만 보고 간다네

친구들이여!
그래도
나 울 친구를 사랑해.

제4부

가장 아름다운 날

사랑한다 아가야!

길가의 은행나무처럼
너의 혼신을 다해
네 삶의 여행을 시작하렴

옛날 생각에

옛날 생각에 눈물이 난다

늦은 봄날
여물지 않은 보리
아궁이에 구워 먹던 추억에
고향으로 달려가면
텃밭 한쪽에 심은 보리
싹둑 잘라 아궁이 잿불에 구워
후후 불어 주시던 엄마

한겨울에도 텃밭
비닐하우스 속에
토실토실 자란 시금치
달짝지근하게 무쳐 주시던 엄마

이제는 늙고 병들어
깨끗한 건지 더러운 건지
분간이 어렵고
삼시 세끼
구분도 희미해지시니
눈물이 나네!

가장 아름다운 날

모진 추위 이기고
꼼지락꼼지락 새싹을 틔우고
꽃을 피우고
열매 맺어 떨어내고
이제 마지막 혼신의 힘을 모아
온몸을 노란색으로 단장하더니
가장 아름다운 자태를 뽐내는구나

비움의 미덕을 발산하며
작은 설렘에도 한 잎 두 잎 떨어내며
아름다움을 자랑하는
마지막 임무를 향해
하나씩 옷을 벗고 있구나

그런 날
넌 태어났지 가장 아름다운 날에
사랑한다 아가야!

길가의 은행나무처럼
너의 혼신을 다해
네 삶의 여행을 시작하렴.

후회

단지 글일 뿐
그저 마음 가는 대로 끄적인 것뿐인 것을
말도 많고 탈도 많고
결국 마음에 생채기만 남기고

가을을 떠나보내는 것인가?
유독 힘들었던 올가을

덕분에 또 다른 친구를 알게 되었던 가을
친구를 얻은 대가 치고는 너무 많은 것을 잃은
하긴 잃을 것도 얻을 것도 없는 인생 아니던가!

후회하지 않으리
뒤돌아보지도 않으리
용서한다는 것은 어쩌면
나에게는 사치 아니던가?

나를 위해 털어버리자
당신들을 위해서가 아니라
나 자신 더 힘들어지기 전에

해야 할 일도
하고 싶은 일도 태산인데
당신들 생각할 만큼 난 여유로운 삶이 아니지 않은가!
우리네 인생이 여기서 끝은 아니지 않던가!

이제 우리 중반 레이스를 넘겼는데
이제부터 또 다른 시작!

이발소

도롯가
간판이 없어도 누구나 다 안다
이발소라는 깃을
동네에 유일하게 있는 이발소
나는 그곳에서 머리를 자른다
남자도 아니면서

어른이 앉아야 하는 높은 의자에
딱딱한 판자 하나 올려놓고
항상 같은 상고머리
머리가 다 잘려 나가고
이발사의 엄숙한 말

"고개 숙이고"

그때부터 나의 시련은 시작된다
스멀스멀
엉덩이부터 올라오는 간지러움
키득키득

등을 한 대 얻어맞고서야
참는 웃음
수염도 안 났는데
면도는 왜 하는지
하하 하

이발비는 외상!

까치밥이라고

앙상한 가지로
5월이 올 때까지

새잎 돋아나고
하얀 감꽃
툭! 떨어지면
108개를 실에 꿰어 목에 걸고
할아버지의 가르침
무엇인지 모르고

모진 비바람
천둥과 번개 겪고
잎인지 과실인지

여문 햇빛 받아
과실 살찌우고
찬 서리 내리면
마지막 남은 홍시 한 개
까치 먹으라고

헉, 쥐가 먹고 있네!

보름달

구름 한 점 없이
고요한 밤
적막을 깨는 찬 바람이 불어오고

시커먼 구름
보름달을 가리니
슬프기 그지없고

달의 모습 지켜보던 바람
구름을 친구 삼아
여행을 떠나고

맑은 하늘에
커다란 달님
창문을 두드린다

창문을 열어주니
밝은 달빛
방안 가득 비추며
소곤댄다
밤새워 친구 하자고.

춘설(春雪)

어제부터 내리던 비
밤새 내리더니
새벽이 되어도
주룩주룩
파로호 여행은 시작되고

바위틈에 뿌리내린 낙엽송
미처 떨어내지 못한 낙엽이
봄인 듯 가을인 듯

여러 개의 터널을 지나
문학촌 도착
아직도 비는 내리고

봄을 준비하는
과수 사이로
이름 모를 풀은
기지개를 켜고

서로 준비한 진수성찬
주린 배를 채우고
따뜻한 커피 한 잔의 여유
무심코 멈춘 시야

아, 눈이다!
눈이 내린다

반가움도 잠시
서둘러 파로호 농장과
작별하고

온천지에 내리는 하얀 눈이
아직 겨울이라고.

눈썰매

밤새 내린 눈
들판이 온통 하얗다

도심에서는 걱정거리 눈길
시골에서는 어린아이의 미끄럼틀

나이 든 소녀들 모여
비닐 포대 깔고 앉아
시동을 건다
슝 슝

어릴 적 추억을 소환하여
까르르.

구두 발자국

새벽 하얀 눈길
순수의 풍경

아무도 가지 않은 새벽길
그 위를 사뿐사뿐

오롯이
나만의 발자국을 남긴다.

빗나간 사랑

아침 기온 영하 18도
엄마 추우실까 봐
보일러 온도를 올려놓고
일터로 출발

퇴근해서 집에 오니
집안이 후끈후끈

추워서 잠을 깨고
추위에 뭉그적뭉그적
보일러 상태를 보니
앗!
보일러가 꺼져있네

우리 엄마 고백
딸 추울까 봐 보일러 켜주신다는 것이
그만 끄셨네

엄마의 빗나간 사랑.

함박눈

열심히 일하는데
눈이 비 오듯이 퍼붓는다
하던 일 덮어두고
퇴근

45도 내리막길
커다란 버스도 엉금엉금
사람도 조심조심
전철도 가던 길 멈추고

골목길 들어서니
온 가족이 모여
하얀 눈을 뭉쳐
영차영차 눈사람
하하 호호.

유혹

산들산들
멀리 푸른 소나무가
산에 가자고

휘잉 휘잉
앙상한 나뭇가지 서로 부대끼며
저 위에 가면 봄이 있다고

바스락바스락
미처 떨어내지 못한 나뭇잎
봄이 오기 전에 떨어진다고
온몸을 부딪치네

으라라차
한 발 한 발
정상을 향해

바위야 안녕?
소나무야 잘 있었니?
참나무는 실눈을 뜨고

쪽빛 하늘 사이로
지나가는 바람이
세상 구경시켜주겠다고
같이 가자고
휘잉 휘잉
사그락사그락!

엄마

우리는 이별하고
30여 년 흘러
재회하고

엄마의 딸이 되고
딸의 엄마가 되고

낮에는 엄마가 주인이 되고
밤에는 딸이 주인이 되고

건강한 엄마
이제는 몹쓸 치매 얻어
날마다
딸과 싸운다.

살다 보니

어머니 뱃속에서
열 달

참고 기다려
세상 구경 나왔더니
가난이 반기네

꿈 많던
학창 시절 지나니
남의 집 머슴살이

살다 보니
눈에 넣어도 아프지 않을
내 새끼

나의 희망.

삼막사의 부처님은

입춘이 지나고
오랜만에 관악산을 찾았다
아니
삼막사의 부처님을 찾았지
부처님께 소원을 빌어본다

친구에게 아무 일이 없기를
올 한해도 건강한 삶 엮어 가기를
우리의 우정 변함없기를

부처님은 그저 웃고만 계시네

묵은 상념일랑 삼막사 부처님께
모두 내려놓고
마음 가볍게 내려왔네!

단잠

설날을 앞두고 정신없이 아들 면회를 갔다
지난번보다 살이 좀 빠졌네
아들아! 살 빠졌네

엄마! 살 빼러 왔는데
도란도란 얘기하다가
아들은 꿈나라로 갔다

옆 가족의 떠드는 소리에
깜짝 놀라는 모습을 보니
왜 이리 가슴이 아픈지
일찍 서둘러 내무반에도 들렀다

한결 마음이 놓인다 할까!
새 건물에 깔끔하고 따뜻한 기운이
나의 마음을 위로해 준다

멀고 먼
추운 그곳에
아들을 남겨두고
발길을 돌린다.

허수아비

황금물결
논 가운데
양팔 벌리고
해맑게 웃으며 서 있는 허수아비

허수야
아비야
놀려대던 참새
벼가 익어 고개 숙이면
참새는 먼 여행길

텅 빈 들녘에
외로이
양팔 벌려

참새가 오기만을!

제5부

사랑의 고백

함께하고 싶은 것이
무던히도 많았는데

검은 머리 파뿌리 되자
약속해 놓고
사랑한다는 말도 못 했는데
떠나간 사랑

팔방미인

내 직업은 아줌마다
부인하고 싶지만
엄연한 현실

내 직업은 가정주부다
때가 되면 장바구니 들고
시장에 간다

내 직업은 엄마다
식구들 생각에
된장찌개를 끓이고
자식이 부르면 언제라도 달려간다

내 직업은 아내다
당신을 위해 셔츠를 다린다

그렇지만 난
그 누군가이기 이전에 여자다.

아니 벌써

아니 벌써
10분밖에 안 늦었는데
날 혼자 두고 먼저 가버리다니

물소리
바람 소리
새소리
동무 삼아 산행을 시작한다

기다림일까
아쉬움일까
삼막사에 올라 한참을 기다린다

오지 않을 것을 알면서도
한쪽 가슴이 시린 것은
이 가을을 그냥 보내기가
너무 아쉬워!

시간이 허락한다면

시간이 허락한다면
비 내리는 오늘
시끄러운 도심에서 벗어나 오롯한 연못에서
따뜻한 커피 한 잔 마시며
하염없이 떨어지는 빗방울을 바라보렴

한없이 그려지는 동그라미 속에
그리운 이 하나씩 그려보렴
코흘리개 시절 내 짝꿍의 모습이어도
한때 목숨 바쳐 사랑했다고 자부했던 사람이어도
이제는 세상을 달리한 인연이어도 좋겠지

한없이 그려지는 동그라미 속에
조용한 내 마음 담다 보면
나도 몰래

아!
이 세상에 내가 있어
행복하다고 느껴진다네

시간이 허락한다면
비가 내리는 오늘
시끄러운 도심에서 벗어나
연못의 아우성에
내 마음을 잠시 맡겨보고 싶다.

세월을 탓해야지

수많은 세월이 흘러
이제는 중년의 나이

머리가 허연 채로
배불뚝이로
펑퍼짐한 아줌마로
많이 염치없음으로
우리는 만난다

세월을 탓해야지
조금은 설레는 마음
조금은 기쁜 마음
이제 너무 철이 들어버린

그래서 아끼고 싶은 과거도
숨기고 싶은 과거도
속수무책으로
세상에 나와 빛 아닌 빛을 본다

소싯적 몰래 한 사랑도
가슴 아픈 짝사랑도
이제는 먼 추억이 되어
우리의 막걸릿잔 안줏거리가 된다

우린 미완의 노트를 채운다
어떻게 채워야 할지
아직 선뜻 망설여지지만
예쁘게 채우자!

이제는 이등병

멀고 먼 길을 따라
아들을 보고 왔다

10시까지 오라
했는데
겨우 도착해 수료식장에 가 보니
많은 사람이 자식들 얼굴을 보려고 기웃기웃
번호와 함께 이름이 있건만
마음이 바빠서

수료식이 막바지에 이르러
부모는 아들 찾아 계급장을 달아 주라는데
아들이 보이지 않네

이미 눈가엔 이슬이 맺히고
아들 이름을 크게 불러본다

뒤돌아서서 몇 발자국 걸어가니
눈동자 하나 움직이지 않고
한 손에 작대기 하나

다른 손에는 카네이션이
아무 말도 못 하고
아들을 덥석 안는다

내 왼쪽 가슴에는
그때 아들이 달아 준
훈장이 있다

아, 빨간 카네이션!

독백

1992년 5월 24일
우린 검은 머리 파뿌리 될 때까지 잘살자며 혼인서약을 했었지
그러기를 18년 아니 만 17년인가
그리고 당신은 훌쩍 떠나버렸지
얄미운 사람
초파일에 당신을 찾아 나섰지만 당신은 그곳에 없었네
마음을 어쩌지 못해 당신이랑 찾았던 도선사를 갔지

3일 기도 해준다는 보살님의 말에
난 하염없이 눈물을 흘리고 말았어
이제는 눈물이 다 마른 줄 알았는데
나도 몰래 터져 나오는 눈물을 어쩌지 못하고 그저 울고 말았어
난 아직 당신을 다 사랑하지 못했는데
당신이 날 사랑한 만큼 난 살아서 당신을 사랑하는 마음으로
아파하면서 살아야 하나 봐

부처님 앞에 엎드려 왕생극락을 빌면서
이게 무슨 소용이 있나 싶어 하염없이 울면서도
그렇게라도 하지 않으면 안 될 것만 같아서
당신 아들이 말하네

엄마 우울증이냐고
모르겠어 우울증인지
이제 당신이 떠난 지 1년이 되어가는데
힘이 드는 건 마찬가지인 거 같아
아니 조금 덜 힘들어졌을까!
그래도 힘든 건 마찬가지야

아마 내 생을 마감하는 날
당신을 잊어버릴 수 있겠지
시간이 되면 이렇듯 당신과의 추억을 찾아 헤매고 있으니
당신한테 그렇게도 인색하게 굴었던 말
"사랑해!"

다시 테이프를 되돌릴 수 있다면
날마다 잠에서 깨어 당신 귓전에 대고 속삭이고 싶어 사랑한다고

나 이제야 철드나 봐 있을 때 잘할걸
아들이 내 인생의 전부인 줄 알았는데
이제 와 생각하니 꼭 그런 건 아니었나 봐

오늘은 5월 24일
당신과 내가 혼인한 날이야
먼 곳에서라도 우리 함께 축하하자
그리고 당신을 사랑해!

군입대

애써 눈물을 참는다
아빠도 없이 혼자 자란 아이
가장 힘든 시기에 아빠를 보내야 했고
나도 힘들어서 아이를 돌아볼 겨를이 없었던
그 아이가 이제 군입대를 한다
다른 사람들은 대 가족이 환송을 나왔건만

그래도 다행이지?
이모도 이모부도 외숙모도 함께 했으니

친구도 왔다
같은 훈련소로 입대한다니 한결 마음이 가볍다
친구는 엄마 아빠 누나
아무렇지 않게
이모네 식구랑 같이 왔어요 해놓고
그래도 마음이 허전한 건 왜일까?

남의 속도 모르고
가족들은 내 걱정부터 한다

애써 씩씩한 척
살을 에이는 듯한 칼바람이지만
부러 치마를 입고
그 추위를 체감하며
아들의 입영식을 바라본다

아들아 엄마 잘하고 있을 테니까
엄마 걱정하지 말고 잘 있다와

엄마도 네 걱정 안 하고 잘 지낼게
그리고 다 큰 녀석을 꼭 안아줬다

마지막 얼굴도 마주하지 못한 채
아이는 체육관을 향해 떠나고
꽁꽁 언 발을 조심스레 옮겨본다.

결혼식

멀리 군산에 갔다
벌써 허허 들판이 돼버린
황량하기 그지없는
하지만 그 허전함을 채우는 것이 있었으니
그것은 곱게 물든 낙엽과
그 낙엽 꽃잎이 되어 흩날리고
사춘기 시절 쓸쓸함보다는
임무수행을 마친 여유로움이랄까

신종플루에 걸린 신부의 결혼식
암암리에 멀리하는 신부를 보면서
안타까운 마음
어렵게 성사된 혼인인데

옛 직장 동료들을 만났다
많이 두려웠는데
염려는 기우가 되어 사라지고
우리 지난 시절로 돌아가 즐거운 한때

옛 생각에 잠시 눈을 감아본다
한참 좋은 시기에 혼인을 결정했고
신혼 첫날밤
언제나 함께할 수 있다는 사실에 감사했던
'Let it be'로 날 실망시키더니
숙명이라는 이별을 암시하고
떠나버린 사람
이제는 만날 수 있다는 기약도 할 수 없는
그래서 더 안타까운 사람
평생을 못 잊을 사람이 되어버린
기다릴 수도 잊을 수도 없는 사람!

희야

희야!
다정하게 내 귓전을 간질이는 소리
당신을 생가하게 한다
다정한 당신의 목소리 그 언제던가
이제 사랑이란 나에게는 금지된 단어인가
다정한 당신의 목소리를 기억해 내고
내 눈은 다시 뜨거워진다
아직 나 당신을 온전히 사랑하지 못했는데
나는 당신을 얼마나 다정하게 불렀는지
기억해 낼 수 조차 없다

요즘처럼 함박눈이 천지를 가득 덮을 때면
우리 가족 눈을 맞으러 마중 나갔었는데
쓰디쓴 소주 한 잔 나눠 마시고
우리 가족 어깨동무하며
가파른 오르막을 올라오곤 했었는데
눈이 오면 항상 당신을 걱정했었는데

이제 나 당신을 닮은 눈사람 하나 만들어
우리 대문 앞에 세워놓을까!

행복

얼른 일어나라 잔소리하고
일찍 들어오라 잔소리하고
술 조금만 먹으라고 화내고
공부하라 잔소리하고

보글보글 끓는 된장찌개 간을 보며
식구들 생각에 미소 짓고
양말 세탁기에 넣으라고 소리 지르고
방 어질러 놨다고 화내고

이렇듯 부질없는 일들이
내가 존재하기 때문이 아닐까
자식이 존재하기 때문이 아닐까
남편이 존재하기 때문이 아닐까

늦은 밤
환히 불 밝혀 놓고
하하 호호.

사랑의 고백

보고 싶은 사람 있어 기차를 탄다
그리운 사람 있어 기차를 탄다
그 사랑 흔적을 찾아 기차를 탄다

아!
이 가을을 어떻게 보내라고
훌쩍 가버린 사랑

몰래한 사랑도 아니었는데
불타는 사랑도 아니었는데
가버린 사랑

함께하고 싶은 것이
무던히도 많았는데

검은 머리 파뿌리 되자
약속해 놓고
사랑한다는 말도 못 했는데
떠나간 사랑

보고 싶은 사람 있어 기차를 탄다
그리운 사람 있어 기차를 탄다
사랑한다는 말을 하려고
기차를 탄다.

울지 말라했는데

싸늘한 밤거리를 방황한다
당신의 흔적을 찾아서
당신과의 추억을 찾아서

어느 상점 앞에서 당신을 떠올린다
어느 영화관 앞에서 당신을 기다려본다

오늘은 그저 한없이 걷고 싶다
당신을 만날 때까지
당신이 올 때까지

이슬비가 소롯이 내려
눈썹 위에 가만히 앉지만
빗물보다 먼저 말간 물이 고인다

이렇게 많은 눈물을 흘릴 줄 알았더라면
차라리 그때 목놓아 울어버릴걸
차라리 같이 가자고 소리 내어 말할걸

참으로 힘들게 살았다
참으로 더디게 살았다

울지 말라했는데
아무래도 이 약속만큼은 어길 것만 같다
이렇게 내가 힘든 것은
당신이 내 곁에 없기 때문이겠지!

그리운 사람

혼자서 하기 꺼려지는 일보다
혼자 하고 싶은 게 있다
끝없이 펼쳐지는 바다를 바라보며
그리운 사람을 목놓아 불러본다

아마도
바다의 갈매기가
아니면
파도가 내 마음을 실어다
그리운 사람에게 전달하리

세월이 빠르기도 하다
벌써 한 해를 마무리하는 12월

제야의 종소리를 듣는 것
혼자 하기 싫다
정말 혼자 하기 싫어
그리운 사람이여
우리 함께할 수 있을까요!

아, 보고 싶다

아무리 둘러보아도
보이지 않는 당신
이렇게 아픈 날에는
너무 보고 싶다

바라볼 수만 있다면
내 생에 큰 행복이겠지만
그리움으로 대신해야만 하는
아프고 슬픈 마음 어찌해야 하나

이렇게 보고 싶은데
이렇게 그리운데
나 어쩌면 좋을까

당신의 환한 미소가 그리운 날에는
미치도록 보고 싶은데
죽을 만큼 보고 싶은데

추억 한 조각으로 대신하기엔
당신이 너무 보고 싶다
죽을 만큼 미치도록 보고 싶다.

너 때문인 줄 알았는데

말간 하늘을 바라보며 오는 쓸쓸함이
너 때문인 줄 알았네
너와 더불어 있기 때문인 줄 알았는데

지금 이 순간
너 때문이 아님을 절실하게 깨닫는다
이 쓸쓸함은 어디서 오는 것일까
잠을 이루지 못하고 서럽도록 울어보지만
울다 지쳐 잠이 들지만
깨어나면 다시 용기 내어 살아야 하는
현실 때문일까!

어김없이 떠오르는 해맑은 태양
서럽도록 펼쳐지는 파란 하늘을 바라보며
행복하다는 생각보다는
외롭다는 생각에
누구에겐가
짤막한 메시지를 날려보지만
허전함과 쓸쓸함은 사라지지 않고
나 살아 있음에
행복함을 느껴야 하는지!

내 조카

오늘은 우리 조카가
해군 간 지 한 달 되어
언니 내외 진해로 면회 가는 날

우리 아들은 작대기 하나
내가 달아줬는데
우리 언니는 아들
해군 모자 씌워주러 간다네

입대하던 날도
장대비가 쏟아지더니
오늘 새벽에 쏟아지는 빗소리에
잠이 깼네

어디쯤 가고 있을까!
언니는 항상 내 생각
먼저 해 주는데

난 목구멍이 포도청이라고
오늘도
컴퓨터와 씨름하고 있네!

소녀

까르르 까르르
키득키득

웃음은 바이러스가 되어 번지고

김지하 시인의 오적
읽을 수가 없네

아직 소녀의 감성
그녀의 가슴 속에

열여덟 살
소녀가 살고 있네!

생활의 성찰(省察)과 서정적 진실

－ 첫 시집 『아무 일도 없다는 듯이』

張 鉉 景

〈시인, 문학평론가〉

1. 글머리에

작고 예쁜 야생화. 한여름 무더위 이겨내고 산책로 주변 연못가에 저마다의 몸짓으로 앙증스럽게 피어 있는 부처꽃을 그리며, 이성희 시인의 시 세계를 그려본다. 이성희는 초·중학교 시절 귀엽고 웃음이 많아 동네 어른들로부터 칭찬을 많이 받은 귀염둥이 소녀였다. 화자는 어려서부터 틈틈이 글 읽기를 좋아하였을 뿐만 아니라 젊어서부터 시작한 직장생활을 한결같은 마음으로 한길을 가고 있는 가슴이 따뜻한 시인이다. 회갑에 즈음하여 여성으로서 하기 힘든 새 사업을 시작하여 지혜롭고 용기 있는 여인으로 알려졌다. 일평생 경제활동으로 늘 바쁜 그녀는 이 어수선한 현실에서 몸과 마음을 가다듬어 책과 객관적인 거리를 유지하며 내적 성찰과 관조에 의한 존재의 탐구에 노력을 기울여 왔다.

지난 시절 보이지 않게 문학이 불모지인 환경 속에서 글쓰기를 멈추지 않아 오늘날에도 그 흔적을 드러내고 있다. 고향의 추억, 자연에 대한 관찰, 삶의 고찰 등을 작품으로 담아내는 시인은 작가의 내면세계를 직관적 감성으로 쉽고 겸손하게 풀어내는 모습 또한 아름답다. 시인은 언어능력이 탁월할 뿐만 아니라 시적 발상 또한 놀랍다. 시천병을 지나 꾸준한 습삭으로 시 부문 신인상을 수상한지 1년이 지나자 첫 시집 『아무 일도 없다는 듯이』를 발간하게 되어 기쁘기 그지없다. 돌아보면 시인은 그사이 수필도 등단하여 시인 수필가로 거듭나게 되었다.

작가가 나름의 노력으로 하나의 작품집을 갖게 된다는 것은 매우 기쁜 일이다. 대부분 그러하듯이 재영 시인도 생활의 서정을 통해 인생에 대한 관조적 태도를 견지하고 오늘의 현실을 미화시키려는 노력을 시심(詩心)으로 표출해 나가고 있다 하겠다. 오랜 직장생활을 통하여 인간 존재의 허무와 한을 극복하려는 그녀의 작품에는 재영(裁榮)만의 독특한 시 세계가 자리 잡고 있어 기쁨을 확인하는 시적 성취를 이루고 있다.

2. 삶의 길과 성찰의 메시지

시골 깡촌 내 고향에
봄이 오면
울타리에 죽순이 자라고
비가 오면

죽순은 시절을 만난 듯
하루가 다르고

만삭의 아낙네
죽순을 잘라
끓는 물에 살짝 데쳐
조물조물
시부모 점심상을 차리고

산고 끝에
나를 낳으셨다는
고향의 대나무밭은 사라지고

그 자리에 아파트 숲

내 고향은 슬프다.

　　　　　－「나의 고향」全文

　고향을 바라보는 시적 안목(眼目)은 작가의 심적 상황에 따라 여러 가지로 나타날 수 있다. 여기서 시인은 봄이 왔음을 반가워하면서도, 인간들이 탐미하고 있는 어쩔 수 없는 현실적 상황의 묘사로서 시인의 속마음이 잘 나타나 있다고 할 수 있다. 즉 시인의 고향 정경은 대나무밭의 죽순처럼 봄을 통해 세월이 흐르듯이 지난 그리움을 그림 펼치듯 이야기하고 있다.

고향의 대나무밭은 「나의 고향」의 주요 텍스트이기도 하지만, 향수를 떠올리게 하는 시인의 고향 이미지이기도 하다. 누구나 고향의 추억은 우리 인생에서 무엇과도 바꿀 수 없는 보물이며 그 추억을 잊지 못한다. 이 보물을 소중히 간직하고 아름답게 노래하는 시인이 있어 고향이 더욱 그리워지는 것은 아닐까? 그러나 고향을 자주 찾지 못하는 것이 오늘을 사는 우리의 현실이다. 세월이 흘러 재영 시인은 그리움을 인고 고향으로 달려갔지만, 대나무밭은 흔적도 없고 친구들은 간데없는데, 그 자리에 황량한 아파트만 숲을 이루고 있어 슬프다고 했다. 이런 시인의 마음이 독자에게 고향을 그리며 지난 추억으로 돌아가게 한다.

안국동 네거리 이층집
지하도
2층도
다락방도

오밀조밀
미묘하게 꾸며 놓고

안국동 네거리가
빤히 보이는 창가에
앉아서

한없이
그대를
기다린다.

「별 다방 미스 리는」의 제목에서 느낄 수 있는 감성은 풍요롭거나 여유롭지는 않지만, 뭔가 매혹적인 느낌에 이끌린다. 시인은 시에 대해 깊고 넓게 숙고한 듯, 예술의 거리에서 볼 수 있는 삶에 대한 사색(思索)의 마음 자세가 스며 있다. 시인은 인생살이의 괴로움과 애처로움 그리고 쓸쓸함까지도 감정의 기운으로 새삼 뜨겁게 흐르도록 되살려 읊조리고 있다.

재영(裁榮) 시인은 대체로 길이가 짧은 시를 즐겨 쓴다. 그녀는 오래전부터 시가 좋아 적지 않은 시들을 읽고 쓰고, 스스로 기쁨으로 새기면서 시가 무엇인지를 자문자답하며 시를 사랑해 왔음을 엿볼 수 있다. 시란 가능하면 짧은 진술에 함축된 철학과 단단한 구성력(構成力)을 지닐수록 좋다. 그러한 의미에서 시인의 이 시는 감각적 이미저리, 잘 짜인 구성력, 참신한 상상력이 하나로 결집하여 이루어진 참으로 보석 같은 작품이다. 그것만이 아니다. 이 시의 마지막 연, '한없이/ 그대를/ 기다린다.'와 같은 구절에는 인생에 대한 시인의 내적 성찰(省察)이 예리하게 드러나 있다.

맑은 저녁 달빛이 창문 밖에서
날 반기네
청아한 너의 모습
엄마를 닮았을까
아빠를 닮았을까

아가를 닮았을까

맑은 빛으로 우리를 감싸며
창문 밖에서 우리를 부르는 듯
창문으로 날마다 기웃거린다

그리움인가

어느 날에는 초저녁에
한밤중에
새벽녘에
못 잊어서

보고 싶어서
우리 집 창밖에서
날마다 기웃거리네.

– 「그리움」 全文

　재영 시인의 이 시는 그리움을 근거로 출발하고 있다. 그녀의 향
수 짙은 그리움의 정서가 감각적 시어로 짜임새 있게 엮어져 미적
감동을 환기하고 있다. 나아가 시인은 유년 시절에 대한 체험을
시적 감정으로 잘 표출해내고 있다. 그리하여 그녀의 시편들은 삶
의 기본에 대한 인간의 따뜻한 사랑을 높게 그려내고 있다.

　시인은 누구나 삶의 근거지를 바탕으로 글을 쓰지만, 화자의 시

편들은 인간 삶에 대한 정서적 감정을 매우 산뜻하게 드러낸다. '어느 날에는 초저녁에/ 한밤중에/ 새벽녘에/ 못 잊어서/ 보고 싶어서/ 우리 집 창밖에서/ 날마다/ 기웃거리네.' 이는 애틋한 삶이 작품 창작을 이끌어가는 주된 뿌리가 되고, 누구에게나 필연적으로 그리움이 쉽게 찾아온다는 것을 말하고 있다.

구름 한 점 없이
고요한 밤
적막을 깨는 찬 바람이 불어오고

시커먼 구름
보름달을 가리니
슬프기 그지없고

달의 모습 지켜보던 바람
구름을 친구 삼아
여행을 떠나고

맑은 하늘에
커다란 달님
창문을 두드린다

창문을 열어주니
밝은 달빛
방안 가득 비추며
소곤댄다

밤새워 친구 하자고.

　　　　　　　－「보름달」全文

　이 시는 달에 대한 관심으로부터 시작하여 보름달에 대한 애착심으로 이어지는데 이 과정에 작가의 '그리움'이 점차 드러나고 있다. 자세히 읽어보면, 화자는 이 글에서 보름달에 '커다란 달님'과 '밝은 달빛'이라는 상징적 의미를 부여함으로써 자신의 고향에 대한 그리움을 그려내고 있다. 여기에 달을 친구로 끌어들이는 화자의 지적인 사유(思惟)가 돋보인다.

　'창문을 열어주니/ 밝은 달빛/ 방안 가득 비추며/ 소곤댄다/ 밤새워 친구 하자고.'에서 창문을 열어주고 달빛과 밤새워 친구 하자고 말하는 것은 어린 시절 고향에 대한 사랑과 그리움이 담겨 있기 때문이다. 즉 화자의 기억 속에 고향에 대한 상상의 아름다움이 숨겨져 있어, 고향이 더욱 그립고 '적막을 깨는 찬 바람'이나 '시커먼 구름'도 더욱더 아름답게 보이는 것이다.

　　　　아침 기온 영하 18도
　　　　엄마 추우실까 봐
　　　　보일러 온도를 올려놓고
　　　　일터로 출발

　　　　퇴근해서 집에 오니
　　　　집안이 후끈후끈

추워서 잠을 깨고
추위에 뭉그적뭉그적
보일러 상태를 보니
앗!
보일러가 꺼져있네

우리 엄마 고백
딸 추울까 봐 보일러 켜주신다는 것이
그만 끄셨네

엄마의 빗나간 사랑.

— 「빗나간 사랑」 全文

　재영 시인의 첫 시집에는 언제나 '기다림' 혹은 '그리움'이란 시어가 곳곳에서 보인다. 이런 시어는 결국 사랑과 평행선을 긋고 있음을 볼 수 있다. 이 사랑은 영혼의 육성으로 가슴 깊이 새긴 괴로움을 극복하고 있으며 세상을 새로운 눈으로 보게 한다. 우리는 심오한 사랑을 통하지 않고는 꽃을 꽃으로 보지 못하고 삶의 행복과 불행을 바로 볼 수가 없다. 화자의 시는 상황을 차분하게 직시하는 시인의 정서가 시에 적절히 이입되어 시적 효과가 극대화되고 있다. 모녀간에 눈빛으로 대화를 하듯이 하나의 관념, 하나의 정서로 시상이 잘 융합되어 그녀의 시는 생명 있는 언어로 말하고 감명을 주고 있다. 비록 빗나간 사랑이라고 하지만, 시 작품을 통해 모녀간의 사랑을 더욱더 공고히 하고 있다.

얼른 일어나라 잔소리하고
일찍 들어오라 잔소리하고
술 조금만 먹으라고 화내고
공부하라 잔소리하고

보글보글 끓는 된장찌개 간을 보며
식구들 생각에 미소 짓고
양말 세탁기에 넣으라고 소리 지르고
방 어질러 놨다고 화내고

이렇듯 부질없는 일들이
내가 존재하기 때문이 아닐까
자식이 존재하기 때문이 아닐까
남편이 존재하기 때문이 아닐까

늦은 밤
환히 불 밝혀 놓고
하하 호호.

                    −「행복」全文

　화자가 존재하는 곳에는 자신만이 느끼는 만족과 보편적 행복이
있다. 거기엔 사람에 따라 행복의 개념이 다르고 느끼는 감정도
같을 수가 없다. 재영 시인이 느끼는 일상적 행복은 소박하다. 이
땅에 태어나 서로 사랑하는 가족이 있어 행복하고 힘들지만, 일상

적 생활을 할 수 있어 행복한 미소를 짓는다. 마음을 비운 시인의 여유로움과 인생의 참 의미를 느끼게 하는 화자의 행복은 오늘을 버둥대며 살아가는 이들에게 행복이란 어떤 것인지를 잘 말해주고 있다. '늦은 밤/ 환히 불 밝혀 놓고'에서 시인은 그 행복을 놓치지 않고 잘 포착하고 있다.

보고 싶은 사람 있어 기차를 탄다
그리운 사람 있어 기차를 탄다
그 사랑 흔적을 찾아 기차를 탄다

아!
이 가을을 어떻게 보내라고
훌쩍 가버린 사랑

몰래 한 사랑도 아니었는데
불타는 사랑도 아니었는데
가버린 사랑

함께하고 싶은 것이
무던히도 많았는데

검은 머리 파뿌리 되자
약속해 놓고
사랑한다는 말도 못 했는데
떠나간 사랑

보고 싶은 사람 있어 기차를 탄다

그리운 사람 있어 기차를 탄다
사랑한다는 말을 하려고
기차를 탄다.

―「사랑의 고백」 全文

위 시에서 화자의 사랑에 대한 객관적 인식이 여실히 드러나고 있다. 즉 사랑에 대한 감정은 연령을 초월한다는 것과 사랑의 대상이 변하지 않는다는 것이다. 그리움의 연속에 존재하게 되는 욕망과 허무, 그 고통으로 인해 시의 세계로 접근하는 길은 고독하다. 이에 화자는 끝끝내 운명으로 받아들이는 듯한 삶의 단편을 보인다. 즉 삶의 과정에서 시인은 나름의 절박한 사랑을 그리워하며 그 꿈을 포기하지 않는다.

시인은 아픔을 잊고서도 사랑의 대상을 바꾸지 않고 고독하게 살아왔다는 것을 그리고 있다. 그 사랑은 과거의 추억 속에서 시공을 초월하여 세월이 흘러도 그녀의 가슴속에 그림자처럼 각인되어 있다는 것이다. 시인은 여기에서 슬픈 사랑이라도 사랑은 그 자체가 아름답다는 것을 보여주고 있다.

3. 맺음말

시인 이성희의 시편들을 일별하면, 고독이라는 시어를 구체적으로 나타내어 우리 모두에게 그리움을 향한 목마름을 적셔주고 있다. 세월이 흐르며 화자는 그 고독 속에서 고독이라는 추상적 개

념을 일관되게 시의 주제로 파헤치고 있다. 시인이 추구하는 고독은 노후의 삶을 더욱더 깊게 하여 진실한 자아를 만나려고 하는 즐겁고 유익한 고독이며 그녀를 원숙한 삶으로 이끌어주는 청량제가 되기도 한다.

사실 재영의 작품집 어느 곳에 눈이 머문다 해도 다 마음이 가고 감동이 넘친다. 우리가 시를 창작할 때 소중하게 여겨야 할 것은 독자와의 소통이다. 시인은 보편적 생활을 통찰하면서 그 가시적인 현실을 잔잔하게 바라보며 의미 있는 문학 공간을 이루고 있음을 볼 수 있다. 나아가 이 시집은 소외된 삶의 애환을 공들여 시화하고, 지나간 세태를 바라보는 시선의 아름다움을 따뜻하게 갈무리하는 작품도 함께 묶고 있어서 생활에 시달리고 부대끼는 우리의 탁한 마음을 맑게 정화해 그녀의 시적 상상력을 한결 돋보이게 하고 있다.

인간의 사랑은 아름다운 고뇌 앞에서 목말라 걸어갈 수밖에 없을 것이다. 우리 모두의 간절한 바람, 본질적인 사랑이 이성희의 시 곳곳에서 아름답게 나타나고 있다. 발간을 축하하며 다음 시집 또한 기대한다.

아무 일도 없다는 듯이

초판인쇄 2021년 10월 29일 초판발행 2021년 11월 4일

지은이   이성희
펴낸이   장현경 펴낸곳   엘리트출판사
등록일   2013년 2월 22일 제2013-10호

서울특별시 광진구 긴고랑로15길 11 (중곡동)
전화 010-5338-7925
E-mail : wedgus@hanmail.net

정가 11,000원

ISBN 979-11-87573-32-6 03810